LêProsa 8

Série LêProsa

1. *a.s.a. – associação dos solitários anônimos,* Rosário Fusco
2. *BaléRalé,* Marcelino Freire
3. *Diana Caçadora & Tango Fantasma,* Márcia Denser
4. *Adorável Criatura Frankenstein,* Ademir Assunção
5. *Vitrola dos Ausentes,* Paulo Ribeiro
6. *Todo sol mais o Espírito Santo,* Lima Trindade
7. *Mercadorias e Futuro,* José Paes de Lira-Lirovsky
8. *Viagem de Joseph Língua,* Pedro Américo de Farias

# Viagem de Joseph Língua

Pedro Américo de Farias

# Viagem de Joseph Língua

romancinho

Ateliê Editorial

*Dados Internacionais de Catalogação na Publicação (CIP)*
*(Câmara Brasileira do Livro, SP, Brasil)*

Farias, Pedro Américo de
*Viagem de Joseph Língua* / Pedro Américo de Farias – São Paulo: Ateliê Editorial, 2009.

ISBN 978-85-7480-448-4

1. Ficção brasileira I. Título.

09-09470 CDD-869.93

Índices para catálogo sistemático:
1. Ficção: Literatura brasileira 869.93


ATELIÊ EDITORIAL
*Estrada da Aldeia de Carapicuíba, 897*
*06709-300 • Granja Viana, Cotia, SP*
*Telefax 11 4612-9666*
*www.atelie.com.br*
*atelie@atelie.com.br*

*2009*
*Impresso no Brasil • Printed in Brazil*
*Foi feito o depósito legal*

# Sumário

# Aperitivo

*pedro:*

*primeiro, a (grande e agradável) surpresa, o impacto, depois, o pacto, a presa.*
*fiquei tão empolgado quando comecei a leitura que fluí lendo com toda a cumplicidade da amizade (gostando e torcendo pra gostar mais); mais que isso: tudo foi sendo lido com o passionalismo do fã mais ardoroso – amigo é pra essas coisas?*

*mas você pediu (exigiu?) um veredicto. veredicto de um mero poeta sobre a prosa do observatório de um homero (exagero?)*
*poeta: porreta! arretado! arrebatador!*
*que viagem da trindade amor, humor e rumor! diria iracema: que conteúdo!*
*conteúdo teúdo e manteúdo de um estilo que é pura picardia!*

*aguarde conversa (com verso?) mais fiada que afiada, quando minha boca (de matraca?) botar o espírito da obra (balaio de personas) no ouvido do meca na hora do almoço com as estrelas e as guloseimas da língua.*

*tim-tim com tinto vinho.*

WILSON ARAÚJO DE SOUSA – WAS

# Petisco

Pedro Américo tem a língua solta. Sem papas. Sem pompas. É linguarudo. Arado. Linguaraz. Solta o verbo. Para frente e para trás. Sonoramente aberto. Este Américo Brasil. Tupi, afro, o diabo a quatro. Poeta quente-fervente. Na língua de nossa gente. Na voz do povo. Seu tesouro de linguagem. Ave! Eu gosto de literatura assim. Batucada entre os dentes. Saliva risonha. Improviso, de repente. A gente não larga esse "Joseph". Essa ladainha tão familiar. Quixotesca, bem-humorada, irônica. Desarmorial, com certeza. Poesia de primeira. Prosa verdadeira. Que tanto nos faz falta. Vivemos à míngua. Sempre à espera de uma riqueza. Pequena que seja. De uma novela como esta, que vem sacudir nossa moderna (?) literatura brasileira. Grande Língua! Essa do Pedro. Essa do Zé. Pois é. E mais não digo e beleza!

MARCELINO FREIRE, escritor

# Saideira

## O mais saudável narcisismo de qualquer República

Joseph Língua não é o alterego e muito menos o duplo de Pedro Américo de Farias: ambos poderiam ser considerados farinha do mesmo sacolão em todas as pegadas. Em verdade friccional foram treinados nos mais espertos jogos de linguagem, em dicções múltiplas, dos inovadores repentistas aos eruditos de altas culturas. Exercícios linguageiros capazes de transTornar o Terminal Rodo-Ferroviário da Barra Funda em Babilônias imaginárias, de tão reais & simbólicas, cotidianas e cosmopolitas. Pedro Joseph, Zé Pedrada da Língua, coautores em viagens, errâncias, nominalismos, chistes e popfilosofias... Desdobrando-se em farras, fantasmas e fantasias que se tornarão melhor Reconhecidas em Áfricas, Américas e Europas, bem antes das póstumas homenagens de editores e acacianos Conselheiros do Bloco do Nada.

Pedro Joseph Língua das Américas (oswaldianas) continua desafiando todos os nós, fios, pavios, parafusos e pesos-pesados de uma inesgotável arqueologia dos saberes e prazeres. Em seus textos/testemunhos/teXtículos/escrituras/tergiversações, todos os sentimentos se perfazem fugazes, nômades, divertidíssimos diante dos semioticistas tanto quanto dos marmoriais (sic) patrocinados pela Coca-Cola e por nossos Impostos, como dizem os bravos esquerdistas. Sentimentos do mais saudável narcisismo que não se podem incinerar enquanto doenças de velhaco ressentimento.

Pedro Américo de Farias artevive suas picardias sem paranoias: entre o humor corrosivo e o riso instigante. Depois dos experimentos anárquicos do cinema super 8 na dácada de 70 do século passado, lemos e gozamos agora de (e com) uma escrita polifônica, endiabrada, psicanaliticamente selvagem porque radicalmente criticista. Que os leitores, novos coautores, possam transmutar este charmoso romancinho em narrativa romanesca de uma geração que não se apreende em datas, rótulos, mitos e megalomanias de um Brasil pro-fundos.

JOMARD MUNIZ DE BRITTO*

* Também atende pelo cognome de JMB, "o famigerado do amor cortês" e "o mau velhinho".

# Prólogo

*Não vale a pena culpar as palavras. Elas não são mais vazias do que aquilo que carregam.*

SAMUEL BECKETT,
*Malone Morre*

– *Ei, mano, você que tem cara de letrado, pode me ouvir?* Sem aguardar resposta, desandou a falar, contando sua história, fragmentada, cheia de códigos. Disse chamar-se Joseph Língua, e a conversa foi rápida. Marcaram outro encontro, dia seguinte, seguido de mais quatro. Ao final do último, nosso anti-herói entregou ao repórter um maço de 150 folhas de papel ofício, manuscritas na frente e no verso, contendo o que chamou de *Relato de Minha Viagem*.

Presenteou o repórter com os originais do relato: – *Vivendo como vivo, doente e desabrigado, prefiro encontrar alguém capaz de guardá-lo e dar-lhe um fim mais digno do que o fogo incinerador de mendigos ou o inevitável lixão; qualquer um destes pode ser o meu destino, e isso não demora muito. Tomara que o mano consiga editá-lo!* Despediu-se com um simples aceno de mão. Quanto a direitos autorais, exigiu apenas que, caso transformado em livro, seja vendido em duas bancas de revista, pontos certos de suas paradas na tarde paulistana. Sugeriu a mudança do título para *Viagem de Joseph Língua*. Por fim, aí está o resultado, não suficientemente literal como era de se esperar, dos monólogos que constituem sua *Viagem*, para deleite ou execração dos leitores.

O repórter, que conheci num bar da Vila Madalena, após o trabalho de organização do texto, procurou em vão um editor que pudesse se interessar pela história. Confessando-se aborrecido e sem esperança, propôs-me a venda do material. Como o preço me pareceu razoável para quem andava carente de estreia no gênero da ficção, não pensei duas vezes, comprei e assinei.

PEDRO AMÉRICO DE FARIAS

# 01

EDITOR CONVENCIONAL quer ditar o tema, o enredo e a fala dos personagens; tirar meu direito às escaramuças. Isso não dá pra mim, preciso me impor; qualquer um de nós se multiplica quando decifra a encruzilhada em que se mete. Encomprido histórias, e não importa se, no caminho repartido em veredas, a consciência torta se perde em distrações; sempre será possível retomar mais adiante o fio da meada. Quem conta vai interpretando, assim se decide a vida, história de cada um. Veio acompanhado de uma senhorita, que se apresenta madrinha da jovem guarda das letras, em guerra pela inserção dos desabrigados da museografia literária, e me diz para prestar atenção no editor.

Pulo de lado como quem pula um barranco contra uma bala perdida. É agradável ouvi-lo cantar o tango *El Dia que me Quieras*, e contar suas lorotas. Diz que se apresentava em casas noturnas e esquinas de Buenos Aires, em companhia do gaitista, *doublé* de escritor, Hermano Hoy, leitor de Jack London, com seu livrinho debaixo do braço, mundo afora, enfiando em bolso de jornalista, tocando e dizendo versos. Diz também que a necessidade os uniu.

Como encarar o editor e sua empáfia? Esboço e aprimoro reação, diálogos em tiradas de aforismo sarcástico; direi o necessário, contanto que me livre do assédio. Frente a frente com o dito cujo, cadê o discurso, a força, o sopro firme da sinceridade? Diria Não! Não! E acabou-se! Digo não digo, digo não digo, calei, estou com a encomenda.

Em curso a carreira do mais novo demiurgo das letras, sujeito e objeto de uma trama enrolada ao sabor da frase nossa de cada dia, como qualquer chupim beletrista, carrapato em gabinetes de subserviência.

## 02

**AQUI, TANTO SE PLANTA** e colhe a convergência, quanto explode o ódio travestido no conluio de pronome e advérbio em desfeita de sujeito. Vejo-me um caminhante a arder em ansiedade, bifurcações e cruzamentos regulando o compasso da caminhada, enormes ouvidos e o desejo de ouvir e falar. Tergiverso, busco urdir trama indigesta, olho o entorno, quanta gente na rua, prisão, escola, escritório, e a gana da gente atrás de grana, de partir pra luta ou partir mesmo, pra longe, eis a minha matéria, de par com a curtição das línguas, linguagens.

Vamos ver, a conversa com o editor havia acabado no fracasso da minha resistência, do que dou ciência; o aprendiz de ficção se enrosca e enrasca. No que desenho não consigo separar a cruel realidade do mundo em que vivemos e a real e digna palavra, em seu melhor sentido e pronúncia, quando a voz falante expressa a liberdade de apresentar-se, e não abre mão.

Na crise, uma opção: buscar uma escritura *pop*, psicografia fragmentada de alguns espécimes da imensa fauna humana, imprevisível enredo, supondo leitores viciados em receitas de felicidade. Reajo em desconversa de jogador, um truque, uma troca de cartas. Posso estar neste ou no outro lado do globo, carrego um balaio de *personas*, vestidas por mim e por outros atores que representam e pregam a peça a que ora assistimos.

Um se diz poeta marginal, outro evapora no éter metafísico, um terceiro se dá de corpo e alma ao concretismo, porto carregado de signos.

*Persona* há torturada pela alma de um cão chamado Never More, a quem destina inacabada penitência, dez jaculatórias, pai-nosso e ave-maria, e a sombra do cão dali não sai.

Hermano Hoy é um que conta sua história de andarilho das letras e bares, pincel bruto, carrega nas tintas, vive e pensa as contradições, cruza fragmentos, mergulha no caos da comunicação, escreve e edita um romancinho, um poemário, e sai por aí fazendo oficina, leitura, palestra, personagem em busca de enredo e de um autor; fantasma que *passa*, e lá se vêm novas legiões, a entoar poemas, vender e trocar livros, limando as rimas da liturgia, dançando conforme a música, recitando versos na ordem do dia.

Dedógrafo das letras, não posso ficar parado, vendo nuvens de gafanhotos sobre a plantação; não, não e não, corro e mexo, tenho mais o que fazer. Palavras na bandeja insultam e se oferecem, procuro reunir as mais agradáveis ao leitor; as medonhas também me interessam, fortes ou frágeis que sejam, conforme a situação. Sopro-as ao vento, na certeza de que cada uma terá seu degredo e nova pátria; o vento sacode e estraçalha os versos. Mais força, a plenos pulmões, mas nada de gritos; sussurro é ginga de voz. O teatro em cada diálogo, lei da vida, dinâmica dos corpos no universo. Arrasto a carga de figuras que se vão ajustando a cada tipo com quem cruzo caminho.

Quer ver um? Ninguém o tinha mais visto pela rua nem na habitual livraria; vem lá o Messiê Jamais – mixador de expressões, trocadilhista para quem a única coerência possível é a da palavra em estado sardônico de riso, conversa de fazer boi dormir, madrugadas, manhãs e tardes, e novas noites. Instala-se na convivência do povo esse poliglota faceiro de expressão, frase curta e certeira, resposta rápida, imprevisível, em qualquer especulação, queixas do presente, glórias do passado, incertezas do futuro; e foi ficando, e permaneceu.

Enrolava-se na cachaceira geral da rapaziada mangue-cariri-caeté, passou de boca em boca sua pronúncia, nomeação de gente e coisa, e então chamaram esse língua de Jamé; a maior felicidade: virar notícia gaiata na língua do povo; Jamé praqui, Jamé prali, pracolá. Um belo dia, juntou os pés e vestiu o pijama de madeira. Encantado, me chama, mas não consigo dormir três noites no pé da jurema sagrada. Chega de ficar refém destas sombras; quem parte chega, muitas vezes, a lugar que não escolhe, mas chega, para o bem ou para o mal; e se parte desarrumado, a chegada pode ser de arrumação.

## 03

**QUANDO O TEXTO SE PERDE** e esparrama em guloseimas da língua, o autor empanturrado vomita entulhos, que seria preferível não assinar. E daí essa cantiga de perua, que não é uma só, nem no rap-sambado do Jackson do Pandeiro, nem no eterno recomeço da poesia-moinho de um certo WAS, triturador de discursos e falácias, que a maioria desconhece. Avante! Aparece-me um sujeito portador de encostos, que o levam a ouvir vozes estranhas e, algumas vezes, à presença do código penal. À luz deste, os juízes contam facadas e tiros, e pronto, a sentença é aplicada: anos e anos, o tal sujeito amarga duradoura exclusão, ao longo da qual depura as artes do crime e da barbárie, revelando a outra face:

*Se bato na face direita de um homem e ele não me oferece a outra faço de sua face esquerda um alvo diferente empurro-lhe a faca*

se o meu próximo me falha ou
simplesmente se um de nós não existe para o outro vejo no
mais próximo o inimigo empurro-lhe a faca
se me fal-
tam o pão e a carne sobra-me humilhação desconheço causa
e causador meço o centro do peito do primeiro homem que en-
contrar empurro-lhe a faca
se com fome roubo uma ba-
nana e para a digestão um sonrisal sou perseguido e preso
negam-me emprego quando liberto empurro a faca
se meu avô que ensinou aos filhos o caminho da honra e
da vingança teve sua morte vingada por meu pai que morreu
pelas mãos do inimigo hereditário faço minha sua luta e an-
tes de morrer pelas mãos de um herdeiro da vingança localizo
qualquer membro da família inimiga empurro-lhe a faca
se todos se armam por defesa me armo por defesa contra
todos empurro a faca
se me armo por defesa todos por de-
fesa se armam contra minha defesa não facilite nem vacile o
primeiro que encontrar se não bem no coração empurro a faca
se você vier com besteira pra cima de mim empurro-lhe
a faca
se você me denuncia e a polícia vem empurro
adoidado a faca
se você não me paga empurro-lhe a faca
se você me cobra uma conta eu o chamo para um
acerto de contas empurro-lhe a faca
se você não me ri ou
se não me olha com graça e simpatia e me diz que o culpado é o

*sistema de vida em que vivemos neuroticamente empurro-lhe a faca num frenesi de gargalhadas*

*por quê? porque eu não conheço esse tal de sistema-de-vida-em-que-vivemos e meu imediato é você*

*se você com raiva do seu patrão me provoca eu por não encontrar o meu de quem tenho iguais ressentimentos empurro a faca em você que é o mais fraco*

*se sou preso continuarei empurrando pelo resto da vida*

*a faca e a vida na faca a vida na vida a faca com a faca a vida com a vida a faca na outra face.*

O microcosmo copia o macro, e o reedita com as malas artes do Diabo da Miséria, da Deusa do Pântano e da Mãe de Pantanha. Bicho solto na rua, olha a paranoia que dá, todo mundo enjaulado em carro, condomínio, escola, plano de segurança, seguro de vida, e o bicho solto. Quem paga e quanto se paga pra ver o bicho aprisionado?

Quantos empregos-dia devem ser abertos para que, em conjunto, possamos nos chamar de humanos, sem demasia, simplesmente humanos. Qual a reeducação possível? Sai, Diacho! Romance-tese não é o fraco deste aqui, o maior saco, corro léguas; naturalista pitoresco, nativista, social-realista, arre!

Prefiro a conversa do fabuloso Dila, roteiro alegre e aventuroso, sem fundamentalismo heráldico, sem batismo de fogo no inferno, sem anjos vingadores. Cangaço em estado lúdico, intermináveis dias e noites de mitologia, incompleta história de certo Brasil pelo viés de um suposto cangaceiro. Prato cheio pra quem tenta uma prosa faladeira, em desvio de encomenda, misturada, sim, que pureza é falsidade; se há sangue humano pulsando, verossímil é o que se tece original, não o símio clichê, que se repete em busca de raiz, complexo de vegetal. O artista o que procura é o oxigênio do ar, sopro de vida; fora com a máscara da verdade, sempre patética; anatomia do corpo vivo e bulindo e as feições da língua de quem quer que seja, eis o meu estudo. O artista cura-se na mixagem da inevitável migração; a fábula se traveste em violência urbana: matar-morrer-fugir, nesse feudo de criminosos, baronato de drogas, infância e juventude na mira do extermínio; a desumanidade acelerada atropela. É o horror! Quem migra da roça para a pequena cidade, depois para a grande, corre, estuda, trabalha, tenta o amor, a utopia; e agora, José e João e Maria? Chego perto, outro roteiro refaz frente de atração. Fora abandonado, meses atrás.

Era um João de Tal, infância dolorida, colhe batata debaixo de chuva, pastora milho, caça e mata tetéu, que em voo rápido, muitas vezes, zombava do caçador. Armado de funda, das que Davi usou contra Golias: a pedra assentada no couro, entre duas pernas de cordão, gira no ar, solta uma perna, tiro certeiro, *vupt*, lá vem o tetéu. Chorando, sentado no meio fio, João de Tal disse à mãe: Um dia eu cresço e vou embora; cresceu e foi para o seminário, ali estava pronto um padre, era só encaminhar, fazer a formação como manda o figurino, ninguém duvidava. Ficou uns anos, deu o pulo do gato: astúcia, pra que te quero.

# 04

**MOTIVOS, TEMAS, FIGURAS** não faltam: em prosa fluente, trama alimentada todo dia. A barbárie em que vivemos, precisa melhor realidade? Uma claque de idiotas a ignora e sempre torce para que as prisões estejam cheias, como se pudessem estar em outro país, a sobreviver melhor do seu trabalho ou falcatrua, e com mais tranquilidade:

*Meu reino não é deste mundo. Nada sei sobre a situação, nada disso é comigo, meu nome é limpo, nada sei de nada, quanto mais de tudo, não me pergunte, pensar dói, prefiro a inocência.*

Pode alguém continuar indiferente, sem se mover, revolver, partir, ir à luta? A vida é combate atroz e inútil, mas combate, morou? Quem tem poder abusa, quem não tem reclama. Voltar ao sonhado campo já não adianta; tomado e cercado, fontes de água são bicas para o banho e a cachaça do novo-rico, nos fins de semana; quem chega, há de curtir o tédio em companhia de entediados. Para eles foi inventado o planeta: só deles; cerca de arame farpado a isolar as favelas, e aí vamos ver com quantos quilômetros de arame farpado se compra a paz dos cemitérios, única nestes tempos em que dois bicudos não se beijam e a humanidade sofre estúpido retrocesso. Ou não?

Uma novela, vida desenrolada, dia a dia, ponto de partida para o desconhecido mundo, última tentativa deste mestre de cerimônia, de juntar pedaços de consciência transfigurada em verbo e substantivo, tábua de salvação para um náufrago, cujo navio sobrecarregado de *puisia* está a pique.

Atento, disparo a andar; os pés, parceiros da reflexão, em meu socorro, o dia todo e à noite; em qual rua, bairro, cidade, não importa: a cada instante, variada cena se desenha aos olhos, filtrada no que aqui se digita; hoje nesta praça, amanhã naquela, em breve sei lá onde pode ser: a cantar e dançar, desenferrujando o corpo, desfiando mágoas e travessuras, amores feitos e desfeitos; é a vida, novelo que se compõe e desmancha.

É a imprópria vida, novela de cada um aqui decomposto neste porta-voz, que foge como o Diabo foge da cruz. Pra chibata em pelourinho não nasci, evadido do curral e da marca de ferro: gado não sou de rebanho, quem tiver seu brasão em brasa que ferre a mãe; sou o boi mandingueiro encantado, que arrombou cerca, abriu porteira, apurou ouvido, urrou gemido, e foi embora, jogando coices ao vento, e mostrando a língua.

## 05

**NÃO QUE O DESEJE**, mas a relação visceral com a realidade cotidiana, o olho pregado na paisagem fixa e na que se move, em todo lugar por onde passo, é já uma marca da teimosa personalidade colada num corpo-e-alma, que se cobra minuciosa prestação de contas; carrego nos ombros enfadados a mazela da angústia universal, que não é possível suportar sem *uma boa dosagem de lirismo* e sarcasmo. Seja ou não:

*As coisas começaram mal, foram piorando, piorando, melhoraram para ruim, evoluíram para péssimo; em compensação, no final,* c'est la vie: *um imenso caos. Ordená-lo, dá lucro; ordenado, prejuízo. Por tudo isso, o comércio e a indústria de manutenção do* status quo.

Do que peço emprestado dou sentido, *por aqui me voy*, pescando a história em dimensão de sardinha, que na de baleia é tarefa pesqueira de historiador; onde nasci aí vivo, o mundo é sempre o mesmo, em qualquer lugar, um grande sertão, gelo e fornalha, ninho afetuosamente aquecido ou em labaredas infernais. Dura sorte de quem desabrocha em jardim de flores murchas e solo estorricado; quanta pedra a queimar a planta dos pés, sol na cabeça, ladeira a subir e descer.

Assobiar contra o medo era o meu dia a dia de menino: – Levo na carroça a feira da senhora por cinco cruzeiros; a senhora me dá as coisas, arrumo, levo e deixo na sua mesa da cozinha, tudo por cinco, é pegar ou largar, hoje é promoção, dia das mães, a senhora merece, a senhora sabe, e tome conversa, senhora, senhorita, um dia peguei dez feiras; é a sorte, a gente vê Deus por quem é, penso que é assim: cada um cuida de si que Deus num tá nem aí, ele quer é luxar, andar de papa-móvel, abraçar criancinha limpa e cheirosa, e eu aqui, ó, a pegar peso pra esse povo comer do bom e do melhor; é assim que penso, quem achar ruim dê um jeito, que eu não tenho jeito pra dar, isso é lá com Deus; quem dá aos pobres não empresta a Ele?!

Estudar estudei, estudo, leio, gosto muito de romance, poesia, história, quiromancia, filosofia, almanaque, revista em quadrinho, só que nunca tive tempo de ficar trocando gibi na porta do cinema, feito o meu amigo Zé; colecionar gibi de *cowboy* é com ele. A história do cinema é, para ele, perene troca de mitos e lendas, até que um dia sua própria existência se transforme em legenda. Não está nada fácil: a lei do mercado, sabe como é, tritura cada pessoa, justo quando embarca naquilo que se chama faixa etária produtiva: emprego estafa, desemprego estresse.

Estou no ringue: sofrimento é trabalhar, estudar, comprar, pagar, cobrar, brigar por casa, leite, pão, pelo amor, sem falar nos inúmeros verbos das demais conjugações. A família surge, os filhos crescem e de repente vão fazer o mesmo que o pai e a mãe e os avós fazem. *Lei do homem, lei do antropófago* manifestado no bruxo Oswald, neto de pajé amazônico baixando no terreiro dos jesuítas da Piratininga.

## 06

**FALTAM SESSENTA PÁGINAS** para concluir a encomenda de um livro de mais ou menos oitenta, no formato 13x19cm, fechado, mancha gráfica 9x15, como pede o editor. Rebolar, rebolo: rebolar é viver, e viver, no meu caso, é escrever, diferente de tomar uma de vez em quando em conversa de bons *pareceros*, que o prazer de jogar conversa fora pra depois apanhá-la na maré do futuro é uma; quer ver, escute. Telefonema trocado entre dois amigos; o editor tomou conhecimento da história e insinuou força narrativa naquilo, prestei atenção:

– Oi Zé, é o Sousa.

– Oi velho Sousa, ô saudade, meu irmão, tô com saudade de Flora e de você.

– Zé, sabe o que é? É que a Flora tem mesmo de ir no centro, hoje, pela manhã, e eu pensei que seria uma boa tomar uma ótima, no Burburinho dos gritos e sussurros e, ainda por cima, ouvir e ver o Phedro recitando, que aquele, sim, é o *malhor* recitador que a Serra Grande *criô-lo*, lembrando aí do Zé Limeira, enquanto você era imbatível no manejo da *winchester*, lá em frente ao Cinema do Olegário.

– Pronto, meu irmão Sousa, tá combinado, a gente almoça junto, vocês passeiam depois, enquanto o *big boss* aqui trabalha feito um judeu de banca de emprestar dinheiro; já pensou o trabalho que dá andar atrás dos velhacos e dos bancarrotas?

– Então, Zé, a gente se encontra precisamente naquela hora incerta de sempre, até mais tarde. Tchau.

– Tchau, Sousa. Olha, ia esquecendo: a Cidinha tá pensando numa feijoada, mas acha que a gente podia deslocar pra uma associação qualquer, pra não sujar a poltrona nova que ela comprou com todo o sacrifício do mundo.

– Poi' Zé, quiá quiá quiá quiá, então, até já.

– Até, velho Sousa, dê um abraço aí por mim no Israel Palestino, outro no camarada Jorge, eita velharada danada, mas tá todo mundo em pé, tomando cerveja, exceto os que já tombaram pela causa dela e utopia deles. Por falar nisso, e o velho Mané, deu notícia?

– Ei, Zé, aquilo é cabra sumido, e não responde a ninguém, depois chega com aquele barrigão de PhD, e é uma goga da porra. Agora ali é papo, é um homem sabido, tanto que nem enrica nem fica pobre.

– Ei, amigo Sousa, só eu é que não me liberto, eterno escravo, embora um escravo que se diverte com sua coleção de heróis do faroeste, imbatível defensor de causa alheia, mora em casa própria de porta e janela para o mar, que é o que se suporta, né?

– Claro, Zé, a vida de contínuo continua. Até!

– Até!

Adotei a história, tomei gosto, meti requerimento na empresa telefônica, andei pesquisando gravações; e refaço cada uma das falas que colhi, muito diversas entre si.

Uma bem curta:

– Alô!

– Alô!

– Vai?

– Vou!

– Tchau!

– Tchau!

Uma menos curta:

– Alô!

– Alô!

– Eu quero falar com o doutor Pedro!

– O doutor saiu, serve o Pedro?

– Ah! Serve, sim!

– Então, pode falar!

– Ah! Mas é a mesma pessoa?!

– É, sim!

– Então, desculpe, liguei errado!

Uma derretida:

– Oooiii, amooorrr!!!

– Oooiii!

– Vaamm' sair hoooje?

– Vaamm'!

– Que tal a gente esticar até a madrugada?

– Que legaaal, podemos passar no Central, né!

– Podemos sim, meu amooor!

– Vem me pegaaar?

– Claro que vou, gatinha!

– Oi, meu gato, tô tiadorando!

– Também eu, gatinha, do jeito que Manuel Bandeira adorava uma certa Teodora!

– Tá, meu gato, t'espero às nove, beijão!

– Chego já, *baby*, vou só tomar um banho, vestir a roupa, aplicar um boticário e chegar aí pra te dar um abraço apertado e dez minutos de beijo linguado!

– Já tô pronta, pode vir, beeeijo!...

Uma enxuta:

– Oi Sousa!

– Oi Phedro.

– E aí, assim de repente?

– Nada, já vinha doente, foi internada e deu no que deu!

– Ô rapaz, mas é assim mesmo, Deus dá e tira, né?

– Pois é! Mas bem que podia avisar com antecedência, né?!

– Então tá, a gente se vê.
– A gente se vê.

Uma apaixonada:

– Não posso te ver nem de longe, o coração começa a bater acelerado como se fosse pular fora e correr atrás de ti!

– Porra, bicho, tais mais tarado do que Príapo quando encontrou Luzia na horta, naquela noite de lua cheia!

– Nada, mina, tô é torado na venta por teu cheiro, teu perfil, figurino, cabeça, tronco e membros, tua cuca, ideias e sonhos; vamos sonhar juntos?

– Ih! Carrapato!

# 07

**VOLTO, ATERRISSO, ATÉ RIO** disso; nem sempre a vida é essa anedota que muita gente pensa que é, quem costuma beber do fino caldo de camarão tem sido, muitas vezes, obrigado a tomar o seu prato diário de pão com água, sem qualquer tempero; ninguém escapa às armadilhas do destino: se comi do pão que o diabo me pediu pra amassar; se fui à sopa rala, de que antes não gostava; se escolhi errado o percurso, provei várias formas de viver e trabalhar; se hoje tenho a noiva que roubei das *estampas Eucalol*, e se chegarei ao paraíso e ao risco de expulsão; se tudo aconteceu e acontece; se não tenho resposta para nada, mesmo sendo assim a vida, por cima de pau e pedra, no entanto, tem muita piada.

Mas isso é outra história. É e não é. Tudo se enrosca no mesmo fuso, penso de viés na tortuosa vereda. Contos de Scherazade, tragédias de Shakespeare, comédias à italiana.

Não tenho nada em comum com os escribas que explicam suas prosas invocando o manjado: *minha avó africana... meu tio caçador... minha mãe preta... me contava tal e qual história e daí esse meu dom de narrar etc. etc.* Essa não é a trilha deste alquimista de linguagens.

Retomo o fio da meada, o meu melhor jogo deve ser mesmo o de sacudir palavras ao vento, como se lançam plumas, no dedilhar das teclas ou bate-papo com os poucos amigos chegados à brincadeira da ironia e do falatório sem culpa moral, assim como quem não quer querendo escarafunchar a vida alheia, assim no levantamento de copos, com alguma cautela, pois com vinho não se brinca e com água não se brinda!

Não terei a pretensão de poder alterar o curso da mesmice, dou fé e adianto os passos pela calçada esburacada da avenida. O *outsider* percorre o mundo e nenhum lugar o prende por muito tempo; penso ser esse o jeito mais digno de a gente viver: *alcança quem não cansa* (Aquilino Ribeiro). Isso será outra história?

# 08

TALVEZ SIM, TALVEZ NÃO. Estou agora no meio dos muitos milhões de habitantes da *Poluiceia Encoivarada*, o que pouco ou nada importa; o que desejo e tento é desmontar o real e o sonho, sucesso e fracasso de cada vivente, seja eu, seja quem for, juntar estilhaços e recontar. Por isso me identifico: Joseph de Faro – O Língua, com muito gosto. Joseph Língua; ou por outra, Zelíngua. Esteja à vontade! Arrimo de família, derrubei o fardo na primeira esquina, dobrei o beco, pernas pra que te quero, e desapareci; quem quiser que se arrime.

Conto minha saga, liberta da lei de Cronos, e inverossímil; procuro em vão um editor que possa oferecer um contrato em condições mais dignas para este autor estreante no gênero da ficção, melhor dito, fricção; fricciono personagens e seus desmantelos, mazelas e gozos. De onde vim, por onde ando, aonde chegarei, junto com essa cambada de figuras e suas figurações, não posso, não devo e não quero precisar. Está o planeta desarrumado? Hoje é pior que ontem? O que fazer? Oh! Meu caro Rimbaud, será possível criar a vida futura?

Na dúvida, duvido mais ainda, sigo caminho de formiga de volta ao abrigo subterrâneo; quintal, pra que me serves? – *por aqui me voy*. Revejo minha mãe ralhando com a filharada: – *Ficam por aí panzuando*. De tanto ouvir tal reclame, cheguei à conclusão de que panzuar devia ser algo extraordinário. Tinha meus dezenove anos, quando resolvi dar o fora e caminhar pelo mundo. Visitei terras de *Oropa, França* e *Bahia*, umas em viagens de leitura e imaginação, à Júlio Verne, outras em viagens de ir e vir mesmo, vendo, conversando, trocando, vendendo e comprando ideias.

Antes, andei ocupado em reunir informações gerais de mapas, roteiros, relatos, além de condições psíquicas e financeiras, que não consegui. Enquanto me preparava, já ia viajando. Dedo no mapa lírico dos continentes, escolhi o que seria a primeira estação: República da Poesia. A ideia era começar por ali a minha *viagem grandota*, esta que jamais acaba; nunca mais voltei à casa como um filho pródigo voltaria. Relaxei, pedi demissão do emprego que não tinha, juntei os amigos mais chegados, poetas e gente engraçada, fiz uma festa, e larguei. A pé, de carona, carroceria ou boleia de caminhão, trem, carroça de burro, garupa de moto, até de avião. Andei como anda um condenado, sim senhor, em permanente fuga de tudo e de mim mesmo.

Nessa peregrinação, topei marmotas, seres esquisitos, *carga aprumada* e *carga torta,* e para todos fui, bem ou mal, me pondo e definindo:

*Sou tirana boia*
*não leio missal*
*não cumpro missão*
*não ponho gravata*
*nem escuto sermão.*

Modo de me chegar e abrir caminho, no intuito de provocar a veia poética, bem ou mal, presente em toda parte. Eu me lembrava bastante de um personagem da infância, o velho boêmio Erasmo Sá, cantor estilo Nelson Gonçalves. Depois de duas lapadas de cana *acima da humanidade*, quando não interpretava *A Volta do Boêmio*, disparava, solene, balançando no ar sua mão trêmula:

*Eu moro no esquísito das babilônias das chapadas onde existem jeremas e macambras.*

## 09

**O MUNDO, SE NÃO É PEQUENO**, os moradores são demais parecidos: Bolívia, Peru, Estados Unidos, México, Portugal, Espanha, Itália e Suíça, tudo é muito perto. Depois de todas as peripécias mundanas, chego de fato ao lugar por onde tencionava iniciar a viagem: República da Poesia. Isso existe? Aquele rincão árido de ventos e chuvas.

Aquilo ali era fértil, e fui ficando, ficando, e fiquei. Um dia, tarde da noite, caindo de sono, cheguei debaixo duma mangueira carregada, tirei duas madurinhas, chupei, deitei, dormi e sonhei. Fui acordado, na madrugada seguinte, pipoco de fogos, um coro entoando

*Alvorada, lá no morro, que beleza!*
*Ninguém chora, não há tristeza...*,

do mestre Cartola, e outras belas canções. Misturavam-se

gritos de viva isso, viva aquilo, viva Castro Alves, viva a poesia. Estive sonhando? Não, não, tanto que fui convidado a participar do café com bolo servido a quem chegasse.

Na sequência, um recital de poesia e música, começou com a encenação do entremez *Oh Busto!* – ode em cena única do dramaturgo romeno Marianescu, adaptado pela trupe circense Oco do Mundo. Eram cinco os personagens originais, reduzidos a quatro, naquele momento: Aciuscu, Eciuscu, Iciuscu e Uciuscu. Pediram desculpas pela ausência de Ociuscu, cujo intérprete, dias antes, falecera de doença muito frequente, a famosa *verbostazia*. Morto o ator, mataram o personagem. Em memória dos dois se fez um minuto de silêncio.

ACIUSCU

*– Aqui nasceu e jaz Uciuscu Ixionescu, vulgo Oh Busto! Caudaloso, amazônico!*

ECIUSCU

*– No Olimpo, pergunta-lhe o porteiro...*

ICIUSCU

*– Quem vem lá?*

UCIUSCU

*– Sou eu, Uciuscu Ixionescu, a in su pe rá vel, o li go ver bo sa, la ti no be sa nar ra ti va, ma car ro mé ri ca po e si a, cristianizado fui por cruel missão:*

*colher louros, enfeitar a cabeça e pousar no Olimpo, de preferência à direita de Zeus.*

*Zeus, pelo amor de Deus, livrai-me dess'assas'sina, sina mais leve me dai!...*

Era 14 de março, Dia Nacional da Poesia. A festa se dava num largo, dito da Encruzilhada, que evoca pactos com o além em troca da inspiração – como rezam as lendas de tantos mestres da música e da poesia. Outros grupos de jovens e velhos, homens e mulheres mostravam seus poemas. Na segunda parte, foi apresentado um conjunto de inusitados e concretíssimos tercetos, que chamaram de *haicais*, ditos por cinco poetas:

POETA UM

*hai conto*
*raconto*
*hai ku*

POETA DOIS

*hai kaiser*
*hai hitler*
*hai regan*

POETA TRÊS

*hai sadan*
*hai bush*
*hai blair*

POETA QUATRO

*rola guerra*

*rola miséria*
*rola bosta*

POETA CINCO
*bando de fila*
*bando de fera*
*de fela da puta*

Um grupo murmurava uma paródia de reza:

*A poesia nossa de cada dia nos dai hoje*
*perdoai os nossos sonetos assim como nós perdoamos*
*os coveiros proclamadores da decadência das artes.*

Outro grupo entrava em cena com uma lição de poesia, temperada de oração religiosa:

*Papel mais leve o da voz poética*
*não governar o mundo*
*apear regras, reger linguagens*
*apurar som e sentido, escutar ouvinte*
*falar silêncios, sussurrar gritos*
*fruir e cavalgar metáforas.*
*Poesia, monólogo sob testemunho*
*da água, com que se molha*
*(e da toalha com que se enxuga)*
*a palavra e equaliza a voz.*

*O poeta trabalha não como quem*
*empurra pedra, ladeira acima*

*mas como quem escorrega*
*em tábua lisa, ladeira abaixo.*

Nesse clima tão permissivo, levantei o dedo, pedi a vez e chutei um torpedo, que desentranhei do livro *Tropicalismo Lenta Luta*, de Tom Zé:

*minhas ideias goz*
*ando com o pal*
*co dos outros.*

Pronunciaram em boa performance discursos de outros autores. O recital chegou ao fim, a aventura continua; gosto do *nonsense*, e tem doido demais espalhado por aí. Isso será outra história?

# 10

É E NÃO É. RECEBI TELEFONEMA de um desconhecido; disse *alô*, respondi *alô*; falou umas coisas incompreensíveis; eu dizia: *desculpe, não estou entendendo, quer repetir?* Falava uma algaravia de grego, russo, espanhol, francês, japonês; quando me dispus a desligar, e disse adeus, perguntou: – *És capaz de ouvir e entender um mistério? – de minha lavra* – esclareceu. Respondi: – *De ouvir, sim; entender são outros quinhentos.* Com voz trêmula, impostada e dolente, recitou:

*Meia noite, na encruzilhada, um vulto desaparece, parece, numa estrada de trevas travessas, entulhada de traves trevosas, clamando aos quatro ventos, em bárbaro castelhano*

*– beréber!!! bereber!!! berebere!!!*

Desligou o telefone, fiquei a ouvir cigarras. Circunstâncias assim enchem olhos e ouvidos; atento ao jogo da palavra, som, imagem e sentido. Num cartório de registro civil, escolhe-se um nome de criança. O pai, em dúvida, soletra: – *Mo ha amed! Mo aah med! Moa mede! Ma omé! Ma mede! E ma nu el!* O escriturário, impaciente: – *Como é o nome?* Pai: – *E ma nu el! Emanuel!* Escriturário: – *É Manuel?* Pai, constrangido: – *'inhô sim!* Escriturário: – *Então, fica Manuel da Silva, que o povo chama Mané, tá bom assim?* Pai, humilhado: – *'inhô sim!*

Mais nomes para registros: Krishna! Krishova! Kristevna! Kristeva! Kristina! Kristiana! Krista! Kris! Quanta Krise! Caio fora, sonhando a ironia de um mundo em que Mohamed, Maomé ou Mahoma e Xangô possam estreitar laços com o Cristo Redentor embalado nos braços de Krishna, enquanto Lampião, Mahatma Gandhi e Che Guevara, na Caverna do Zaratustra, acendem o *charo*, que iluminará a paz entre as nações.

Vi uma assembleia popular com umas duzentas pessoas. Há mais de ano não chovia, os presentes eram trabalhadores sem terra e pequenos proprietários. Sem chuva, não tinham lavoura, não tendo lavoura, faltava comida. Estavam reunidos para inscrever-se numa, com desculpa da má palavra, Frente de Emergência, que os desgovernos providenciam, a cada grande estiagem, para abortar os movimentos de reivindicação popular. A manipulação eleitoral é a regra, e os camponeses acabam trabalhando nas roças dos políticos locais.

Li *Memórias da Seca – O Ano que Não Quis Passar*, do escritor João Morais, ele próprio participante de uma dessas frentes, aos catorze anos, no interior da Paraíba, junto com sua mãe. Esta, mais do que desiludida, indignada, despede-se da interminável fila para inscrições com afiado impropério:

– *Vamos embora dessa merda, porque a gente só tem vez quando vota neles, e depois que vota não vale mais nada!*

Pergunto se existe algum lugar para a poesia, para o poeta, nessa ordenação política chamada República. Platão me respondeu que não, com má vontade. Será estupidez buscar refúgio numa República da Poesia? Indisposto, sento debaixo duma jaqueira e redijo um inútil manifesto contra o violento descaso das autoridades ante a situação.

**Manifesto ao Deus Dará**
(da série *Escritos Tortos por Linhas Enviesadas*)

*Um muito afamado Gilberto Gil profetizou:*

Tanto faz no Sul como no Norte | que também significa | Deus é quem decide a minha sorte.

*Um certo Sousa, maranhense no Recife, cunhou a expressão:*

Latifundiários do nosso destino.

*Um terceiro e indignado poeta toma aos dois primeiros os motes para alguns impropérios, que destina ao Deus Dará, de sua devoção:*

*Primeiro impropério:*
*o que querem de nós, desde sempre, os deuses de sobrecasaca, senão sangue, suor, lágrimas, genuflexões, penitência, devoção e votos?*

*Segundo impropério:*
*deuses deflagram guerras púnicas. Convocam in-voluntários de Norte a Sul, levantam espadas e gritam Avante! Ficam de longe, contando os mortos, para posterior cobrança de indenização.*

*Terceiro impropério:*
*deuses assinam Tratados de Tordesilhas e Tríplice Aliança, com que selam o destino de dezenas e centenas de milhares de índios nos Sete Povos das Missões do Uruguai e em tantos outros povos índios e mestiços do Paraguai.*

*Quarto impropério:*
*e por outras tantas alianças, massacram, há séculos, de Sul a Norte, movimentos populares de Quilombos, Cabanos e Balaios, Alfaiates e Contestado, Canudos, Caldeirão, Pau-de-Colher, os Sem Terra e os Sem Teto, além dos três ppp encarcerados: pobres, pretos e putas.*

*Quinto impropério:*
*deuses latifundiários, na posse da terra tomada à força, em sucessivas guerras de extermínio, aos índios e outros animais, e no controle dos cargos públicos, armam palanques da salva-*

*ção, mais uma vez candidatos de si mesmos, ou apresentam legítimos substitutos: esposas, filhos e filhas, genros e noras, netos, bisnetas e a irmandade toda.*

*Sexto impropério:*
*e assim, no Sul como no Norte,* per omnia saecula saeculorum, *excluídos, humilhados, globalizados e ofendidos eleitores vão às urnas, na mais perfeita ordem do Caos.*

# 11

**FUI TOMADO DE SENSAÇÕES** desconhecidas. É que não estava só, alguém me acompanhava de perto e confirmou: eu pisava o *território* da tal República, e nela viajava. Questionei.

– Viaja, sim. República da Poesia é isso que você está vendo, terra de injustiças, de bondade e maldade, padecimento e desespero, louvores e xingamentos, derramamento lírico-existencial, mas também de jogos verbais e de ironia a torto e a direito. Precisa prevenir-se, pode ser acometido, a qualquer momento, da doença mais comum aos viajantes desavisados, já ouviu falar? Chama-se *delirium verbens*, na gíria se diz *verbostazia*. Remédio? Comprimidos de versejapril, duas vezes ao dia. O informante se apresenta:

– Muito prazer, Narrata Refero. Sou possuído de um

karma, não passo um dia sem contar histórias; começo e termino cada uma com a garantia da verdade: *conto o que me contaram*. Se não tenho cara de conteúdo, ao menos tento fazer graça e *mise en scène*, dá pra perceber? Pertenço à *Prole da Informação*; ingressei quando estive em um congresso de semiótica, depois que ouvi a palestra de uma doutora sobre:

*O Caráter Teórico do Laboratório de Semiótica Discursiva para o Estudo da Regulamentação do Processo de Comunicação Interativa entre os Discursos das Categorias Sociais Submetidas às Condições Impostas pelas Relações Interacionais no Contexto da Semiótica Internacional, Hoje.*

– A conferencista vestiu o texto com fraque, cartola, sapato de fivela dourada e cabeleira postiça de juiz. Ali se reuniam inúmeros parafraseadores de paráfrases, semioticistas das duas mais famosas ordens religiosas da Academia: os devotos do Santíssimo Sacramento Peirceano e os do Sagrado Coração Greimasiano, todos expulsos da Escola de Madame Natasha, tia do jornalista Élio Gaspari. A tia Natasha acredita que a doutora poderia dizer simplesmente o seguinte: Para que serve o Laboratório de Semiótica Discursiva.

– Participo de tudo: festa de padroeiro, seminário sobre autoajuda e outras picaretagens, inauguração de estátua, comício eleitoral, missão de frade capuchinho, enterro de anão, batizado de bebê, aniversário de prefeito, de artista, entrega de medalha. Por isso ingressei também na Cooperativa Gastronômica Irmãos Evento, cujo lema é *Comer e beber de graça onde quer que haja um boca livre*.

Afirma Narrata que, num dia 6 de janeiro, esteve no aniversário de Lourival Batista:

– Tive oportunidade de ouvir uma cantoria de violeiros repentistas. Um deles, emocionado, discursou em homenagem ao aniversariante, e lhe ofereceu uma décima de sete sílabas, da autoria de um conterrâneo:

*Estou muito admirado*
*da bela Festa de Reis*
*os magos deixo de lado*
*e fico com o dia seis*
*natal dum grande poeta*
*que certo atingiu a meta*
*da plena felicidade*
*como homem e como artista*
*quero ver Louro Batista*
*com cem anos de idade.*

– O Louro morreu, e dez dias depois, dois cantadores improvisaram em sextilhas esta gaiata elegia ao ilustre vate, digna do espírito do falecido:

PRIMEIRO CANTADOR

*Meus versos não são de prata*
*e muito menos de ouro*
*embora trabalhe tanto*
*quanto trabalhava um mouro*
*não consigo fazer versos*
*como fazia o bom Louro*

SEGUNDO CANTADOR

*Brigava que nem um touro*
*e pelejava decente*
*apesar da muita idade*
*faleceu precocemente*
*enviuvando a viola*
*saudosa do seu repente*

PRIMEIRO CANTADOR

*Jó antecipadamente*
*partiu abrindo o caminho*
*mestre-sala da poesia*
*tá escolhendo o cantinho*
*para a peleja com Louro*
*regada a copos de vinho*

SEGUNDO CANTADOR

*Mas agarrado no pinho*
*Jó encontrou Velho Pinto*
*perguntando: e Lourivá?*
*Jó pediu um vinho tinto*
*e respondeu já cantando*
*chega em dezembro, não minto*

PRIMEIRO CANTADOR

*Uma coisa eu muito sinto*
*perder o júri final*
*Zezé Lulu convidado*
*já livre de todo mal*

*testemunha de defesa*
*do seu primo Lourival*

SEGUNDO CANTADOR

*Não será cena banal*
*Pinto Velho do Monteiro*
*advogado do Diabo*
*defendendo seu terreiro*
*protegendo suas frangas*
*como galo no poleiro*

PRIMEIRO CANTADOR

*Lourival, pai de chiqueiro*
*as cabritas vai cheirando*
*enquanto o juiz não chega*
*todas as cabras cantando*
*defesa e acusação*
*seus lugares vão tomando...*

– Por mais que respire fundo, já não lembro a cantoria completa; prometo para breve pedir ao velho Grapiúna, que é bom nisso.

Narrata, nesse instante, ficou com o semblante carregado, grave e triste. Que passa?

– Nada, só pensando na vida, mirando a *estrada da morte*, amigos desaparecidos, desemprego, miséria crescente.

Suspirou, esticou os braços, espreguiçou-se, caiu numa sonora gargalhada, e falou:

– Não gosto de tristeza.

Fiquei confuso, não conseguia desvendar o tipo e a representação de Narrata: como e de onde surgiu esse vulto de voz cavernosa? Retomou sua *persona* de conversador caricato, e mudando de pau pra cacete, reproduziu um diálogo cretino entre dois sujeitos, que ouviu numa rua qualquer de uma incerta cidade:

*– Posso fazer uma pergunta?*

*– Não, mas faça.*

*– Por que você não raspa essa barba?*

*– Porque se eu raspar, outro imbecil vai me perguntar: por que você raspou a barba?*

Narrata se despede:

– Prometo que em breve nos encontraremos para mais uma prosa. Onde você estiver, meu caro Zelíngua, chegarei junto.

Sumiu. Cocei bem os olhos, não vi mais ninguém. Seria real ou fruto da fome e do sono que me acometiam. Segui viagem; depois me disseram que naquela passagem acontecem coisas inexplicáveis à ciência, muita gente tem visto assombrações e ouvido vozes. Por ali, antigamente, acampavam ciganos, corre notícia de que, certa vez, um deles foi assassinado por uma pistola de fazendeiro local, coisa de ciúme ou xenofobia, nunca se sabe. Pensando bem: Narrata Refero não será nome de cigano romeno? Ih! Senti um grande frio na espinha.

## 12

CHEGUEI TARDE DA NOITE em um acampamento de jovens: diversas barracas, uma fogueira; uns dormiam, outros cantavam e tocavam gaitas, violões, afoxés, assavam milho, bebiam vinho e fumavam.

– Boa noite!

– Boa noite!

– Buenas noches!

– Seja bem vindo!

– Bienvenido!

– Wellcome!

– Willkommen!

Viam-se ao longe as luzes de uma grande cidade. Estávamos sobre um pequeno monte.

– Podem-me dar rancho e comida?

– Pode chegar, mano!

– Llegaí, hermano!

– Come hear, brother!

Quatro ou cinco línguas ali eram faladas. Comi, bebi e fumei. Apatia de início, euforia em seguida, animado por forte aquecimento muscular, levantei e comecei a dançar acompanhando o grupo, ao som de um *blues* na voz de Memphis Minnie, *He's in the Ring*, que me lembra passos da dança do cavalo-marinho. Longa madrugada, enorme porre. Dormi pesadamente, acordo cogitabundo, giram-me cabeça, tronco e membros. Estico braços e pernas, abro os olhos, estou debaixo duma árvore frondosa, mas absolutamente só; ninguém, barraca nenhuma, uma mosca zumbe e voluteia em torno do meu nariz; era tudo o que, por um instante, parecia animal e animado por ali.

Sinto bastante fome e sede, o sol anuncia o meio-dia e ameaça transformar o marasmo e a paz, o que dificilmente acontece a esta hora. Um torpor me invade, volto a me deitar. Que passa? Que *coisas*? E essas *figuras*?! Vejo pessoas, parecem familiares, tenho muita fome, vertigens. Imagino-as? Serão reais, palpáveis? Vão chegando, sou todo arrepios, me falam e não ouço ninguém. Penso comigo, ou sonho pensar, surpreso e assustado: se pudesse ouvi-los... E falam, gesticulam, tento me comunicar, em vão, até entendo o que dizem, mas nada ouço, pareço febril, tremo de frio.

Outras figuras, sombras, silhuetas estão chegando, uma a uma, duas a duas, forma-se como uma pequena assembleia, umas três dezenas de pessoas seriam; cumprimentam-se, trocam-se bons-dias e abraços, a noite chegando, apanham gravetos e acendem uma fogueira, no mesmo lugar em que ontem os jovens acenderam a sua; assam milho e carne, sinto o cheiro, seria de um cabrito. A conversa anima, reconheço Henry Miller, em companhia de Nietzsche. Estou perdido, será meu velório? Estarei à beira da morte? Dançam embalados por um canto coral sob regência de Tom Jobim, assim é demais, devo estar mesmo morrendo. Tudo é alegria, algazarra, festa, assobios, abraços, beijos; eh! eh! eh!, quem mais? É tanta gente, desejava estar acordado, participando, não consigo, tudo vejo e nada ouço, ufa! Começo a *falar* alto e a chamar: – Minha mãe, me ajude! Eu não quero partir agora deste mundo, faça uma prece para que eu possa cumprimentar meus amigos, festejar com eles seja o que for, poder ouvir e falar.

Acordo em sobressalto, gritando: Boa-noite, pessoal! Silêncio completo, ninguém, só eu e a velha mosca. Tudo não passa de um pesadelo, todavia uma sensação diferente toma conta de mim. Aquelas pessoas, as conhecidas e as estranhas, eu as percebo presentes no corpo e na mente, estiveram ali, estavam comigo, não sei como, sinto isso, devo estar carregado, *atuado* é como dizem no reinado da sombra.

# 13

**PÉ NA ESTRADA, RUMO À CIDADE**, carente de comida, bebida, companhia real de gente viva e, se possível, um bom papo, que me livre desse estado de sonambulismo em que me vejo mergulhado desde o princípio da viagem. O que é que vou encontrar aberto, altas horas da noite, se não um bar lotado. Uma garota bonita e *punk* me olha de relance, de cima pra baixo, e se sacode:

– Eu sou Ana K! E o mano como se chama?

– Joseph de Faro, mas pode me chamar Zelíngua: gosto de traduzir o intraduzível, poesia, gíria de grupos marginais e outras armadilhas da fala humana.

– E o Faro, que faro é esse, e o que fareja?

– Farejo gente bonita, farejo saúde e paz, alegria e gozo, inclusive o estético; farejo um prato de galinha ao molho, uma cerveja geladinha e, de vez em quando, um recital de poesia.

– A sério, de onde vem o Faro?

– Meu pai era descendente de cristãos novos marroquinos, que viveram na região de Faro, Portugal, e chegaram ao sertão do Nordeste, em princípios do século XVIII, em plena Guerra dos Bárbaros, de que participaram, mesmo a contragosto, conforme relatos da família, ajudando a matar índios e escorraçar os sobreviventes para o Norte, na rota do Maranhão; era matar, ou morrer, ou correr.

– Pois bem, senhor Zelíngua, pago-lhe a primeira, depois a gente vê o que rola.

No ambiente, pequeno e cheio de fumaça e de pessoas conversando alto, à medida que a madrugada se instala, uns tipos começam a levantar os braços, vozes aflitas, vozes alegres, algumas mórbidas. Apuro os sentidos para estudar melhor a expressão dos desejos e talentos naquelas caras e bocas. Horas e horas passaram, os mais diversos sotaques rolando, solos, duetos, trios, quartetos.

Ali uma guria se levanta e grita o seu poema; depois um sujeito berra umas frases embriagadas. Uma característica é comum aos *manifestados*: Cada um, à guisa de senha, se declara membro de uma entidade: República Anárquica da Poesia, Sociedade dos Poetas Mórbidos, Sociedade dos Poetas Quase-Vivos, Amantes da Lírica, Amigos da Paródia, Irmandade da Palavra Poética, Excomungados da Academia, Academia dos Esquecidos da Rima, Anarcobardos do Rap etc. etc. etc.

Destacam-se, nessa noite: Ernesto Malvecino, uruguaio, que solta a voz numa canção guerreira de Daniel Viglieti:

*A desalambrar, a desalambrar*
*que la tierra es nuestra*
*de Juan y José*
*é-é-é-é-é-é!*

Em seguida, Sabina Console, derramada, despeja uma ode à paixão:

*estes plurais e cordiais adjetivos    sangrados traídos tristes*
*bobos emotivos arrebatados    chocantes* pops *roxos*
*cativos loucos apaixonados    imensos inflados comovidos*
*rubros rubis-da-sibéria    vermelhos tostados purpurinos*
*murchos batidos envergonhados    inchados alegres saltitantes*
*aos pulos berros relinchos    para todos os corações incendiados.*

Sibila Concretina adianta-se, espalma as mãos, e solta umas insânias, que chama de Pílulas de Poesia do Doutor Haroldo:

PRIMEIRA PÍLULA – *Nomenclatura*

*uspenski    wolinski    grotowski    stanislávski    dostoiévski*
*bukowski    leminski    meletinski    klaus kinski*
*klossowski    stravinski    vygotsky*

*e, por favor, uma dose de whisky*

SEGUNDA PÍLULA – *Propaganda de motel*

*deite aqui a sua virgem    e faça sua gemedeira*

TERCEIRA PÍLULA – *Propaganda de açougue*

*Açougue Coração de Jesus: retalhe bem sua carne*
*e sirva-a com vinho tinto e nada deixe aos urubus.*

Angelina Nublada, numa languidez entre desânimo e meiguice, lê *Diálogo em Dor Menor*:

*– Eu, deserta solitária,*
*marejada de intolerâncias*
*o inferno do naufrágio são os outros?**
*– Eu, barata tonta*
*em meio ao consumo de eventos*
*refém do destino missionário*
*de quem me completa*
*quem inferniza ou pacifica*
*o meu naufrágio de cada dia?*
*– Ilha pedregosa, que sou,*
*poderei ser porto seguro?*

Agripino Virose, em sua *morbeza mal du siècle*, ataca de soneto:

*À procura da rosa perfumada*
*tenho ferido o dedo no espinho*
*e na busca incessante do amor*
*vou bebendo mais lama do que vinho.*

* Angelina informa que os três primeiros versos são de Maria Alice Amorim.

*No vislumbre da eterna juventude*
*me montei num cavalo de batalha*
*ambulante no mundo, alucinado*
*vim vestido num fato de mortalha.*

*Eu, insurreto, a Morte desafio*
*altivo, levantei minha cabeça*
*todo o corpo, que tenta reagir*

*faz apelo ao ancinho, que não desça*
*porém debalde, a lâmina feroz corta*
*o pescoço do amor pra que não cresça.*

Roxane Rabiosa, militante do inconformismo *hip hop*, rapeia três décimas:

*A ordem é filha da lei*
*que na ordem prolifera*
*o caos a justiça zera*
*infelicitando a grei*
*burlando juiz e rei*
*violência escala o time*
*trocado fica o regime*
*o diabo planta malícia*
*o crime entregue à polícia*
*e a polícia entregue ao crime*

*Ser simples é atitude*
*que a todo homem enobrece*

*exceto o que padece*
*mania de juventude*
*soberba não é virtude*
*o rei acaba num rancho*
*tropeça num pé de gancho*
*morre como morreu Vargas*
*quem tem costas muito largas*
*se arranha em qualquer garrancho*

*Tragédias, assassinatos*
*podres poderes parindo*
*decretos-leis infringindo*
*constituições e atos*
*vis governos insensatos*
(*no México inspiraram Pancho*
*na Espanha Quixote e Sancho*)
*do humor recebem cargas*
*quem tem costas muito largas*
*se arranha em qualquer garrancho.*

Al Gusto de los Angeles, *filho do carbono e do amoníaco*, ironia magoada à flor dos lábios, encerra a noite apresentando uma atualizada e ressentida classificação dos poetas:

1. *menor abandonado*
2. *ejaculador precoce*
3. *ainda pedinte*
4. *ainda pendente*
5. *ainda pedante*

6. *maior abandonado*
7. *falecido anônimo*
8. *ilustre falecido.*

Ana K me pega pela mão e arrastamos os pés dali pra sua tapera; somos apenas dois corpos amolecidos, quando nos deitamos, sem perceber cada um onde descansam a própria mão e a cabeça do outro.

# 14

**DIA SEGUINTE, PLENA RESSACA,** tomo minha dose diária de versejapril, receita do meu anjo da guarda Narrata; com cerveja, claro. Mais tarde, recomeça a animação da noite anterior. Uns personagens mais estabelecidos, pausa da mente, falam de suas glórias passadas, prêmios, academias, recorde de venda dos livros, sucesso com as mulheres ou com os homens, conforme o caso; outros, exaltados, ansiosos, berram seus anátemas e queixas, injuriam editores, governantes e toda a caterva da imprensa, os leitores, e o diabo-a-quatro. Era uma tremenda anarquia, e eu achando que estava mesmo maluco.

Porra, foi pra isso que parti? Preciso de paz. Mas não consigo me livrar dali; volto todas as noites. Hoje, tenho certeza de que minha sorte foi chegar naquele lugar. Na verdade, precisava mesmo de uma agitação. Vivia-se, ali, de fato, o que o espírito do tal Narrata Refero havia denunciado, quando me apareceu um dia: – Esse pessoal sofre de um mal contagiante diagnosticado como *delirium verbens.* Ouvi falar de um fenômeno que ocorre frequentemente entre pessoas místicas: falam como que possuídas, pronunciando frases enigmáticas, inclusive em línguas desconhecidas; a isso chamam *língua dos anjos, zaum, língua transmental, glossolalia.*

Alguns diziam *baixar entidades*. Um, conhecidíssimo e respeitado, afirma receber o famoso Euclides da Cunha, autor de *Os Sertões*, e o representa – pensei eu quando ouvi aquilo: deve ser um bom ator; *recebeu!* – ouvi dizer. Euclides *chegou* falando baixinho, até se desculpando por ter sido assassinado em tão ridículas circunstâncias. Ninguém lá quer saber desses detalhes da vida particular do homem, nada a ver, são águas passadas. Aí recitou uns versos agrupados em duas setilhas com metro e rima impecáveis, formadas por substantivos, logo identificados como topônimos, a maioria de origem indígena, que constituem a Geografia de Canudos:

*Jeremoabo, Natuba*
*Pambu, Bendegó, Uauá*
*Itapicuru, Inhambupe*
*Itiúba, Maçacará*
*Caculé* ou *Catolé*
*Cumbe, Xorroxó, Canché*
*Tombador, Açuruá*

*Açuruá, Xiquexique*
*Centocé, Jequié, Couchó*

*Serra do Piquaraçá*
*Monte Santo, Tragagó*
*Sincorá, Patamoté*
*Orobó* e *Mocujé*
*Quincuncá, Cocorobó.*

Não satisfeito, e bem ao seu modo, desembucha a etimologia do topônimo *Piquaraçá*:

*araxá – de ara (dia) + echá (ver, avistar) = terras altas, lugar de onde se avista primeiro o sol.*

Depois de *Euclides*, um outro *ator* anuncia estar *recebendo* o fabulista Dila, parlando lendas, dizendo-se poeta e xilógrafo, Marechal do Cordel do Cangaço, irmão e sequaz de Lampião, que fala:

*Moro na Alameda Cachorro dos Mortos, tenho sido visitado em casa por um camarada chamado Zelíngua, que pensa escrever sobre mim uma novela; ele quer, também quero, que seja fixe, bem curtida, viajada nas línguas, lírica na prosódia, um pé na história, outro na fantasia, sopa suculenta de nomes e sobrenomes, patentes, lutas, armas, tiros, fotos, árvore genealógica* et caterva, *à maneira de* O País dos Mourões, *que Gerardo Mello Mourão dedicou à honra e à decadência do ancestral patriarcado em terras dos Inhamuns, no Ceará.*

A recepção a Dila anima muito o boteco e a freguesia. Também a mim, mas fico intrigado porque ainda é vivo esse grande contador de epopeias, que conheci, vendendo os folhetos e tacos de xilogravura, divertindo com as façanhas lampiônicas, quando eu batia pernas pelo Agreste, olhando o povo, tipos, costumes, gestos; ouvindo conversas, dramas, anedotas, risadas, sem nenhum compromisso que não fosse o de apreciar tudo o que sempre me interessou e interessa conhecer e curtir.

*Chega* uma figura, que se *apresenta* como John Barleycorn, norte-americano, dizendo-se alcoólatra que odeia o álcool, e que foi amigo íntimo de Jack London. Ansioso e trêmulo, bebe uma dose dupla de *whisky*, pede licença e recita, de Henry Miller, então seguidor da militante anarquista Emma Goldmann, o seguinte discurso em defesa da vida e contra o desespero diante da morte:

> *Pode ser que sejamos vítimas de uma fatalidade,*
> *que não haja esperança para nós, para nenhum de nós,*
> *mas se assim for, lancemos ainda um último e terrível urro de agonia, um grito agudo de desafio, um grito de guerra!*
> *Basta de lamentações! Basta de elegias e de cânticos fúnebres!*
> *Basta de biografias, de histórias, de bibliotecas e de museus!*
> *Deixai os mortos enterrar os mortos. E nós, os vivos,*
> *vamos dançar à beira do abismo uma última dança*
> *agonizante, mas uma verdadeira dança.*

Um boêmio sertanejo levanta-se em um canto do boteco, tira o chapéu, e se *manifesta* como Miguel de Lira, pistoleiro aposentado, e relata sua história de agricultor perseguido por maus vizinhos, que o levaram à polícia, e dispara um rosário de queixas e maledicências; esculhamba o juiz, "escroque e omisso"; o promotor, "um merda a serviço dos políticos latifundiários e corrutos"; o delegado *ad hoc*, "um bebum nojento e frouxo, pau mandado dos que desejam me expulsar de minha roça de milho e feijão, e tomar minha vaquinha leiteira". "T'esconjuro bando de demônios" – grita, cala-se e volta a sentar.

## 15

UMA *PRESENÇA* DEIXOU TODOS muito espantados: uma mulher alta e loura, de um louro avermelhado, que *se dizia* Ana da Mandassaia; holandesa do século XVII, jovem criada em casa de uma família de judeus da Rua do Bom Jesus. Contou que fugiu do Recife, em plena Guerra, quando o exército do general Verdonck estava levando a pior, e correu dez noites seguidas, descansando de dia, escondida em bosques fechados, comendo frutas e bebendo água recém-caída das nuvens; sorte sua, era período de muita chuva. Passando o Agreste, entrando para o Sertão do Moxotó, não precisou mais correr; seguiu em marcha apenas acelerada, queria o máximo de distância em relação à guerra; sabia que, no Alto Sertão, nenhum desertor da guerra ou fugitivo de qualquer natureza seria perseguido; tinha notícia de que vários haviam tomado o mesmo rumo e jamais ouviu falar do retorno, prisão ou morte de qualquer um deles. Se alguém por ali morria, certamente as causas eram outras. Atenção, portanto, aos bichos ferozes e peçonhentos, pois aos capitães do mato, não sendo negra, não teria de temer, a não ser uma curra. No Sertão do Araripe, agregou-se a uma família de índios kariris, casou e teve seis filhos. Dessa prole, resultou uma aldeia de louros bastante isolada e arisca, de olhos repuxados, meio gigantes, ainda hoje encontráveis nas feiras da região.

Um jovem, vestido numa velha túnica militar, *representa* um soldado da Guerra do Paraguai; presta continência e narra, emocionado, sua versão sobre o tão festejado 7º Batalhão de Voluntários da Pátria, que parte do sertão pernambucano, levando centenas de camponeses indefesos:

*Todos éramos revoltados com aquela convocação, ninguém queria ir; os coronéis é que precisavam dessas buchas de canhão que os engrandecem diante do poder e assim eternizam o jugo da rafameia. Fomos involuntariamente arrastados para formação, tenho vontade de dizer e digo mesmo, de um verdadeiro Bestalhão de Involuntários da Pátria a serviço do Império Inglês. Oficiais cretinos comandavam, de longe, o massacre. Assim está no* Manuscrito do Sargento Rodrigues, *que eu trouxe para a viúva, atendendo ao último pedido do velho companheiro, falecido em meus braços no campo da matança, e que li na mão de sua primogênita. Voltei tuberculoso e neurótico, mergulhado em ódio bastante para garantir a entrega daquele maço de papel enrolado no pedaço que restou de uma perna de sua última calça. Registra o* Manuscrito:

"Forçados da pátria que nos pariu, matutos pobres, trazidos na marra a participar dessa carnificina de cujos objetivos não temos qualquer noção. O que se passa aqui é, para nós, nada mais nada menos que um absurdo genocídio. Temos fuzilado e vamos continuar fuzilando milhares de paraguaios, que a ordem é acabar com a maior parcela possível da população jovem do país, sem contar velhos e velhas, que morrem desesperados na defesa dos seus".

A encenação continua: Bin Laden e George Bush, sem qualquer cumprimento, *invadiram* o recinto, xingando-se mutuamente; os *atores* não são dos piores: na discussão nervosa de ex-sócios em acertos de conta, combinam um duelo a ser realizado em Paris, sob o Arco do Triunfo, no dia 23 de setembro de 2001, portanto doze dias depois do fatídico ataque às Torres Gêmeas:

*Osama disse a Bush: eu me entrego*
*em presença de todos em Paris*
*não saias espalhando que eu não quis*
*por Alah fico doido e desintegro*
*o karma do martírio que carrego*
*me aconselha propor-te um duelo*
*num petardo te faço em farelo*
*te conheço* cowboy *do OK Curral*
*tua cara enfiei no lamaçal*
*no gatilho do meu papo amarelo*

*Vou descer da montanha num jumento*
*em agente da* CIA *disfarçado*
*tendo outrora contigo duelado*
*conheço teu atroz procedimento*
*penso agora num justo julgamento*
*sem essa de mocinho ou bandido*
*inocente não sou nem iludido*
*se aceitas comigo duelar*
*anda, corre, que vou te esperar*
*sentado calmamente num abrigo*

*No Arco do Triunfo à luz do dia*
*no centro de Paris esperarei*
*armado com meu rifle eu estarei*
*o dedo no gatilho me vigia*
*a chuva deixará a tarde fria*
*dispersos estão nossos convidados*
*mui ilustres são chefes de estado*
*testemunhas serão desse duelo*
*que dirão se a rifle ou parabelo*
*ficará George Bush derrotado...*

Bush aceita o duelo:

*Nascido no Arizona eu me confesso*
*George Bush* cowboy *americano*
*portador do orgulho texano*
*nas manhas do duelo fiz progresso*
*quem quiser considere retrocesso*

*minha guerra no Afeganistão*
*vender armas é minha profissão*
*por petróleo eu mato e tomo terra*
*vou mostrar a vitória nesta guerra*
*colocando Bin Laden na prisão...*

Esses vultos somem, enquanto um poeta não identificado, que chegara de mansinho, e *pairava no ambiente,* improvisando uma décima, comenta:

*Todo santo há de ter cavalgadura*
*pra baixar furioso no terreiro*
*nessa guerra de truste petroleiro*
*tudo sai baseado na escritura*
*o mais rico destrói sua fartura*
*falta ao pobre comer a sua janta*
*Mahomé e Calvino em guerra santa*
*por Osama os caboclos vão torcer*
*legiões de demônios vão descer*
*vai Satã comandar e o pau canta.*

Em seguida, arremata em três quadras de dez sílabas, com mote:

*Nesta guerra de gregos e troianos*
*muita gente morrendo trucidada*
*descem anjos montados em falanges*
*e Canudos será globalizada*

*Furiosas as vespas atacaram*
*quando viram a colmeia já pisada*
*guerras púnicas trarão carnificina*
*e Canudos será globalizada*

*George Bush e Osama digladiam-se*
*haverá no final terra arrasada*
*quem será Conselheiro nessa história?*
*e Canudos será globalizada.*

O poeta acrescenta ainda o que chama de uma breve notícia internacional:

– Ouvi dizer que o tal duelo foi um fiasco: os dois duelaram com balas de festim, e depois passearam de botequim em botequim, bêbados e abraçados, e fizeram a maior farra que jamais houve no mundo. Dia seguinte, a ressaca, e uma onda de atentados, em todos os territórios em conflito. E a paz?

– Quah! Quah! Quah! Quah!

# 16

DRIBLO, CAIO FORA DAQUELA lenga-lenga. Saco cheio, vontade de relaxar, penso cá com meus botões: quer saber de uma coisa, vou tomar uma no Bardo Fera, ouvir conversa de gente com o pé fincado no cotidiano, e ainda por cima comer umas tripas fritas regadas à cerveja. Nada mais ocorreu que um prolongamento da conversa com bebuns e pirados de toda qualidade, geração e credo. No Bardo, o assunto girava em torno do acontecimento daqueles dias, de grande repercussão no mundo inteiro: o ataque fulminante às Torres Gêmeas, e suas consequências presentes e futuras para toda a humanidade.

Em muitos países, manifestam-se organizações políticas engajadas na cultura de paz; algumas mais agressivas queimam bandeiras do imperialismo e gritam palavras de ordem. Relata alguém que ouviu, não sabe onde, que uma testemunha ocular, não lembra quem, nem vem ao caso, teria ouvido, numa concentração em frente à Embaixada dos Estados Unidos, em Londres, um orador muito inflamado, um tal Doctor Sandman, falar como se declamasse o que parece ser um poema panfletário de Allen Ginsberg:

*Norte-americanos...* Ladies and gentlemen
*ocupai vossas ruas, levantai braços*
*cerrai pulsos, enchei pulmões*
*soltai brados de indignação*
*exigi a volta da juventude*
*que esta possa esperar a velhice*
*para ver a paz no futuro*
*levantai em armas da imaginação*
*desmontai vossos arsenais*
*e a indústria bélica*
*diluí tudo em tratores*
*e os espalhai mundo afora*
*por Áfricas e Ásias e Américas*
*enterrai vossa Bu-shit*
*como o gato enterra a sua.*

Em seguida, com a voz mais grave e rasgada, o que lembra uma catilinária de louco enfurecido:

*Tu, Bush Júnior, não passas*
*de um pau mandado do sistema*
*que te molda e mantém*
*tu, arbusto intragável*

*não vales o que o gato enterra*
*e não mereces sequer virar adubo*
*és podre, azedo, sentido*
*a melancia indigesta*
*que os porcos desprezam*
*imbecil, aborto de jumenta*
*que te preferia natimorto*
*canalha,* hijo de puta
*que desonra a classe*
*vagabundo nada original*
*bebum, fascista, nojento*
*filho, irmão, pai de* gangsters
*gangrena, cancro, pústula*
*pustema, farrapo humano*
*flagelo de Deus*
*boneco da estupidez*
*pistoleiro e vendedor de armas*
*trepeça, trapaceiro*
*clone da intolerância*
*tu te chamas mesmo é*
*George dáblio,* diable
*diablo, diabo Bu-Shit*
*traduzindo:*
*tu és uma merda cagada e cuspida.*

No Bardo, como se vê, o papo rola cruzado numa algazarra de vozes sonantes e dissonantes, misturam-se frases de toda natureza: íntima, coletiva, politicagem partidária, cultural, esportiva, do futebol, do amor e suas complicações, mexerico de redação, cantada *homo*, cantada *hetero*, filosofice, literatice: quem leu Paulo Coelho, quem não leu.

– Que bosta, hein!

– Que merda!

– Que bosta, nada!

– Bosta, sim!

– Raimundo Carrero, como é o nome do livro dele?

– Parece que é *O Escorpião Querendo Foder a Tarântula*; sei lá!

– A onça caetana é a Morte.

– E o Suassuna será o Quaderna?

– Arriba o Marmorial!

– Abaixo o Marmorial!

– Com quantas anedotas caricatas, e quantas vezes as mesmas repetidas, se faz uma doutrina estética?

– Raduan Nassar e Suassuna têm em comum o gosto pela cabra!

– Rá rá rá, essa é boa, eu também sempre gostei muito de cabras, até namorei muito tempo com uma, toda vez que me via, corria em minha direção, pulava de alegria, até que eu a levava atrás duma moita, na margem do açude.

– Sabe de uma coisa?

– Sei de nada, o que é?

– Ora, ora, o ilustre doutrinador nenhum protesto fez contra o patrocínio do demônio norte-americano da Coca--Cola, símbolo do diabo do capitalismo, para exibição da microssérie *A Pedrada no Reino*, pela Rede Globo.

De repente, uma voz súdita se levanta:

– Mesquinharia, mesquinhos é o que vocês são, invejosos, elitistas do Brasil oficial, revisionistas, entreguistas, veados.

Um verdadeiro congresso do papo furado rola ali, tudo é assunto, sério ou hilariante, conforme o estilo de cada falante: tropicália 68, AI 5, manifestos, cena teatral, literária e musical, censura e porrada:

– Um murro pro Excelso, outro pro Jomard; eu vivi isso, cara, você tá brincando com a história?

– Sei de nada, passei no Recife, parti pros Andes. *Soy loco por ti, América.*

– O vice-diretor fascista do Ginásio Pernambucano, dedo em riste, ameaçava de expulsão um nosso colega, você lembra, Artur?

– Não, não, estive viajando na época: Festival de Inverno de Ouro Preto em 70; Estados Unidos em 71.

– Você esteve em Harvard, no MIT?

– Estive sim, vi lá o Noam Chomsky, que até sentou na nossa mesa, puxando discussão sobre política de terceiro mundo.

– Ah! Você esteve em Boston?

– Claro, lá eu vi o Creedence, num ginásio de Esportes. Doideira! E quando eles atacaram de *Have You Ever Seen the Rain*, o ginásio balançava de tanta gente pulando. Linda composição!

– Também gosto muito; tenho um amigo que anda tentando fazer um arranjo de *aboio* pra essa música, até falou que, quando terminar, vai pedir ingresso no movimento Marmorial.

– Eh! Velhos tempos!

– Alguns dizem bons tempos!

– Pois é, nada disso! Era muita repressão *nas escolas, nas ruas, campos, construções / aprendendo, ensinando uma nova lição...*

– E Vandré, hein, rapaz, piradinho da silva o camarada, tecendo loas à Aeronáutica, frequentando o Clube dos Oficiais, levado no ridículo.

– Meu irmão, era foda mesmo, levei inúmeras carreiras da polícia, nas passeatas.

– E eu? Fui até amigo de clandestinos, mas minha militância era nenhuma, me pelava de medo; tinha pavor à ideia de ser preso. Acho que não seria capaz de suportar a tortura.

– Chico Buarque não sabe, mas evitou a prisão do meu amigo Hermano Hoy. Ele garante que um dia ainda vai agradecer ao famoso compositor, nem que seja fingindo que não vê sua própria mulher se beijando com o gênio, numa praia do Rio. Foi assim: uma noite em que foi procurado pelos tiras do DOPS, na Casa do Estudante, e lá chegaram pisando os pés dos nossos companheiros, Hermano estava no Ginásio de Esportes, num *show* de Chico.

# 17

**POR AÍ ANDA O RUÍDO, INDISTINTO** e prolongado de fofocas, lá no Bardo. Ouve-se, num tom acima da média, a voz do gaitista, andarilho e escritor Hermano Hoy. Continua a narrar, em meio ao murmúrio incessante de falas, suas peripécias numa inesquecível viagem:

– Depois daquele susto, fui acometido de uma crise de cólica intestinal com disenteria, que durou um mês inteiro. O que é que estou fazendo nesta merda – pensei, e disparei. Pernas, pra que te quero; Trem da Morte, pra que te tomei, se não pra ir à Bolívia, chegar ao Peru, beber um pisco, *bailar la cumbia*, e conhecer poetas, num café de Lima.

Era 1973. *Mas a vida não mudava mudando só de lugar*. Arrisco Chile, uma Santiago de livrarias fechadas. Numa delas, depois de mergulhar por baixo da porta, fechada em seguida, compro *Incitación ao Nixonicidio*, de Pablo

Neruda. Bombas, transportes urbanos parados, três meses de greve dos caminhoneiros financiados pela ITT, que assim patrocina o golpe.

– Foste à Peña de los Parra?

– *Sí, sí sí, como non!* Isabel, Ángel, e outros que eu não conhecia, ali cantaram. Ouço de Víctor Jara o seu *Manifiesto*:

*Que el canto tiene sentido*
*cuando palpita en las venas*
*del que morirá cantando*
*las verdades verdaderas*
*no las lisonjas fugaces*
*ni las famas extranjeras*
*sino el canto de una lonja*
*hasta el fondo de la tierra.*

– Quatro dias depois – narra Hermano –, eu já em Córdoba, Argentina, explode o golpe, que matou Allende e tanta gente, inclusive o próprio Jara.

– Barra, hein cara!

– Era bem o quadro, *mi hermana*. E a propósito de Argentina, em La Plata, um sindicalista me contou duas:

*– Acá decimos, entre nosotros, que nos vamos con Perón en la cabeza o sobre la cabeza de Perón.*

Isabelita, a esposa de Perón, ex-bailarina de *cabaret*, era agora a presidenta da República, numa coalizão patrocinada pelo peronismo de esquerda e de direita. O homem forte do palácio se chamava Lopez Rega. Então, dizia o povo:

– *A Isabelita, Perón le paga y Lopez Rega.*

Ouvida a proeza de Hermano Hoy, saio do Bardo, encontro um quizumba, na encruzilhada. Não sabe quem é? Traduzo: pessoa má, animal, hiena, cavilação, dengo, mordida, unhada, traição, covardia. Quizumba é tudo isso, está no dicionário. Ouço daí insinuações, não levo a sério, só lero-lero – penso, cantando *Pipoca Moderna*, de Caetano Veloso:

*E era nada de nê nunca de nada não...*

O quê? Era um *berro* na mão apontado pra mim e o grito:

– *Passa a carteira, mamão, e fica paradinho aí, e não me desenha não, tais ouvindo?*

Chego em casa tremendo de medo, e liso; assim mesmo durmo como um bebê de dois anos amamentado e sem cólica.

Dia seguinte, leitura de jornal, más notícias, aquelas dentaduras sorridentes à mostra na coluna social; mais tarde, almoço, caminhada, volta e meia um conhecido, uma amiga, beijinho daqui, abraço dali, acabo no Bar Oco. Lá pelas tantas, aparece conhecido popfilósofo, o famigerado JMB, militante do pós-tudismo, em suas peripatéticas e *fogueteiras* caminhadas, para cometer mais uns dos seus *aforismos desaforados*. Antes, submete ao público algumas perguntas:

*O que é isto? A gente tem mesmo de escolher entre o péssimo e o horrível?*

*Quem disse que todo político é igual?*

E arremata:

*Há muitos bem piores!*

E insufla:

*Todos à Ágora, já, agora!*

# 18

**EU, JOSEPH DE FARO, LÍNGUA** e caminhante solitário, reforço: convido os presentes ao gozo da palavra em liberdade. Estamos na Praça onde a voz de cada um pode ser ouvida, palco para todo e qualquer discurso e performance. Praça do Poema, não das estátuas. Estas para que servem? Vi na Rua da Aurora: um jovem passa de bicicleta e dá um tapa na face direita de Manuel Bandeira; horas depois, outro jovem, sentado no colo do mesmo Manuel, tece um charo, *tapeia* e sopra fumaça na face esquerda do poeta. Na mesma rua, mais adiante, um João Cabral de Melo Neto, sentado, olha para as nuvens, holofotes sobre o rosto, queixa-se de insônia e de sua perpétua enxaqueca.

Mestre de cerimônia, caiu pra mim a abertura da noite, e a invocação inicial:

– Chamemos, como chamou Jorge, ainda Ben, as nações africanas desterradas para os campos escravocratas do Brasil:

*angola, congo, benguela, monjolo, cambinda, mina, quelôa, rebolo.*

– Chamemos as nações indígenas do País, esfaceladas em territórios ocupados por colonos portugueses, espanhóis, holandeses, franceses *et caterva*. Até hoje, resistem, como na Guerra dos Bárbaros, nos séculos XVII e XVIII. Chamemos:

*trukά, kariri, xucuru*<br>
*pataxó hã hã hãe*<br>
*kambiwa, tembé*<br>
*munduruku*<br>
*apiakά, parintintin*<br>
*kaiapó, maué*<br>
*arapium, apinayé*

*carnijó, fulniô*<br>
*tukuna, krahô*<br>
*timbira, apapocuva*<br>
*guarani, xerente*<br>
*krikateyé*

*kreapimkateyé*

*guajajara, guajá*<br>
*aponyekra*<br>
*ramkokamekra*

*kanela, karajá*

*javaé, tapirapé*

*kayapó...*

– Chamemos, com Gil e os *Filhos de Gandhi*, os orixás:

*Omulu, Ogum, Oxum, Oxumaré, todo o pessoal,*
*manda descer pra ver Filhos de Gandhi.*

A palavra é cedida a um certo Zambi Cãnybora, poeta barroco sertanejo, que apresenta um bando de ciganos. Hora e meia de xote-baião-flamenco. Em seguida, narra:

*Vou começar pela propedêutica pra terminar com a exegese; o que as palavras negam, a fisionomia traduz, o olhar confirma, fecha o circuito dos sentidos, a imagem se forma.*

*Errando pelo Sertão, em busca da República da Poesia, entro num bar e pergunto:*

*– Afinal, alguém aqui sabe me dizer onde fica essa Terra da Promissão dos Poetas?*

*Uns senhores muito sisudos me olharam de cima pra baixo, de baixo pra cima, e a reação foi a seguinte: Totõe olhou pra Tutu, que olhou pro Pita, que sacou:*

*– C'os diacho! Aqui ninguém conhece esse lugar, só se for lá pras bandas da Serra do Araripe, de Novo Exu. – Luiz Gonzaga não é de lá? O caminho de Exu é por aqui, ó!*

*Riscou no papel um L e um I. Agradeci e tratei de tirar o corpo; aqueles velhos me cheiravam a faroeste e a winchester.*

O senhor Cãnybora, filosofando, arremata:

*Não preciso concluir nada*
*tudo consiste apenas em começar*
*vejo-me como um náufrago à deriva*
*num mar de perplexidades*
*um móbile exposto à tempestade.*

E invoca Nietzsche a seu favor:

*A razão é a causa pela qual falsificamos os testemunhos do sentido.*

Alguns outros poetas do circuito fazem suas declamações. Uma jovem senhora pede a palavra e se identifica: – Me chamo Jardilina Flor, condenada por tráfico de drogas, gozando liberdade condicional; meu marido foi morto pelos que querem me matar; mataram meu irmão e balearam minha filha de sete anos. Escrevi isso aqui, mas não sei se é poesia, se é só revolta, julguem vocês:

*O massacre continua / a vida toda é punição / o medo comanda o cangaço / e as testemunhas / as irmãs e os irmãos / nada veem nem ouvem / até Deus vê e cala / Deus não se interessa / por questões de violência / usa grades de ferro na porta / por razões de segurança / sofreu assalto à mão armada / e já é bastante velhinho / previne-se, como toda a gente / e lava as mãos.*

*Ele é muito asseado.*

Em seguida, levanta a mão um poeta de esquisito nome, Avant Retagarde: – Minha cruzada é a da defesa incondicional da palavra poética, que traduzo assim:

*fala lavrada*
*fala larva*
*lavra o poema*
*– opa, fala!*
*– opa, lavra!*

Ana K, que esteve acompanhando meus passos de celerado *outsider*, impregnada do clima, ali instalado, emenda:

*calma, poeta, ninguém se transforma em poesia, assim,*
*da noite pro dia*

*cada expressão, qualquer silêncio tem seu lugar, timbre*
*e semântica*
*a palavra vem, na frase, já fixe, em conceito e ressonância*

*há que descobri-la, desvendá-la como quem chupa cana*
*a espremer o sumo sem jogar fora o bagaço, seu próprio*
*adubo*

*está nisso a poesia*

*o resto é queixume, destempero, penitência travestida*
*em versalhada*
*é terreno pantanoso, poesia não vai lá.*

Sibila Concretina, molhando a palavra na espuma do *chopp*, recita suavemente:

*poesia é o meu tema, esteja onde estiver, busco-a sem pausa nem pressa*
*no verso e na ficção, na gíria-ginga dos guetos, na geografia das falas*
*arqueologia do verbo*

*da poesia ninguém é dono, também não cuida de ninguém, sequer de indigente*
*o poeta seja seu pastor, cuide bem desse rebanho de signos, que a criação bem cuidada*
*emprenha e multiplica.*

Ernesto Malvecino acredita que a história se repete como farsa, daí o seu desprezo pela mímese:

– Defendo o princípio da contradição – fermento da dialética. Contradizer é, não apenas necessário, mas imprescindível.

Contradição um:

*eu sou o diabo da paz em eterna luta contra os deuses da guerra*
*doidos por sangue abutres na carnificina.*

Contradição dois:

*não falei a verdade, não menti, apenas reguei a semente da desconfiança.*

Angelina Nublada, poeta naturalista, desfia dois poemas de sua lavra e, de quebra, um curto diálogo entre a Vida Fútil e a Morte, do grande poeta popular português António Aleixo.

Poluiceia Encoivarada
*Fumaça e cimento*
*zona cinza em que as tribos pincelam festa, luto e luta*
*e restam a cor e o som de tudo.*

Literatura e Mídia
*Não importa que fabrique finíssimo biscoito*
*ou enrole em massa grossa a parmeggiana*
*que a outra massa aplaude na geral.*

*Vossa senhoria, caríssimo pensador*
*poeta, ficcionista ou refém de teses*
*nunca terá a mídia com que sonha.*

*A mídia, caro fulano, prezada sicrana*
*é reserva de domínio a estátuas*
*que se fazem ou dizem artistas*
*e podem pagar caro para isso.*

Auto da Vida e da Morte
*Vida Fútil*
> *– o que dirias, se eu risse*
> *dessa conversa vazia?*

*Morte*

*– já esperava essa tolice*
*da tua sabedoria.*

Anuncia-se a apresentação de um esquete em que JMB contracena com dois jograis do grupo Parla Vento.

## 19

**O GRUPO PARLA VENTO**, em leitura dialogal a três vozes, tem a audácia de apresentar para vocês o intermezzo

**Atentados Poéticos & Outros Que Tais**

JMB

*Nossos poetas estão adoecendo.*
*Cuidado, amigos do Parlatório,*
*A doença pode ser pior que a morte.*

*Nossos poetas estão adoecendo de ausência.*
*Atenção, amantes do Parnaso,*
*O autoexílio pode ser a pior das doenças.*

Jogral 1

*Cada um escreva seu poema, mãos e pés*
*no contexto, cabeça nas nuvens da nutopia.*
*Proclame-se em manifesto aos caga-regras,*
*ao farisaísmo e fanatismo estético.*
*É preciso negar a utopia totalitária*
*do Todos por Um Rei, Um Condottiere.*
*É preciso afirmar a dúvida.*

Jogral 2

*Ao poeta compete o caos, o túnel no fim da luz.*
*Nenhuma palavra é vã, mas há muitas melhores.*
*Toda e qualquer palavra (e respectiva dicção) terá sentido,*
*desde que se busquem, entre palavras, outras palavras;*
*entre as vãs, a palavra-divã, que relaxe a norma,*
*ria do fundamentalismo bestético.*

JMB

*Nossos poetas estão adoecendo de erudição.*
*Perigo à vista, carentes de Suplemento,*
*Parnaso e Parlatórios...*

Jogral 1

*Antropofagia neles! Que o poeta tenha sua voz,*
*cujo papel não é o de governar o mundo,*
*mas o de reger linguagens, isto é, escutar ouvintes,*
*falar silêncios, sussurrar gritos, contradizer verdades,*
*apurar som e sentido, apear regras, cavalgar metáforas.*

JMB

*Nossos poetas (de todas as artes)*
*continuam adoecendo de quase tudo por nada.*

. . . . . . . . . . . . . . . . . . . . . . .

*Fisiologismo aliterativo ou poema piada corporativista?*
*Pânico da globalização massificadora ou*
*estresse acadêmico-burrocrático?*
*Distonia classe média ou diarreia proletária?*
*Megalomania dos deuses-tolentinos ou*
*paranoia em alto-astral?*
*Melancolia frentista ou nostalgia do nacional popular?*

Jogral 2

*Se há um papel que se possa atribuir à poesia,*
*ao poema, ao poeta e a qualquer artista,*
*será o de contaminar, com o vírus da desobediência*
*a mesmice da prosódia; criar não uma momice,*
*nem uma corrente nova, que é tudo bobagem,*
*mas o próprio timbre, a própria voz:*
*cantar, falar, gemer, berrar,*
*com cara e careta próprias.*

JMB

*Algas armoriais ou infecção por amálgamas do reino*
*desunido?*
*Dengue performático ou cirrose politicamente correta?*
*Arritmia popfilosofante ou hipocondria neo-deprê-dos*
*anjos?*

*Nossos poetas continuam adoecendo pela mais previsível*
*doença de chagas tropicalistas...*

Jogral 1
*A poesia faz parte do conjunto das expressões humanas.*
*Como tal não faz revolução. O seu papel social consiste*
*em garantir, com as outras artes, o pacto celebrado*
*entre o Demo da energia criadora e a consciência cósmica,*
*segundo o qual a poesia está em tudo*
*que se movimenta ou dorme, no universo.*

JMB
*Amigos do Parnaso e outros falatórios,*
*esta doença é muito pior do que a morte.*

# 20

**TERMINADA A LEITURA, COMEÇA**, na mesa ao lado, uma conversa entre dois sujeitos, um deles portando gravador. Curioso que sou, ouço tudo; dois dias depois sai publicada no fanzine *Língua de Trapo*:

Repórter fictício entrevista falso ficcionista

– Pra você, o que é literatura?

– *O mesmo que para todo mundo.*

– Como assim?

– *Assim como comer feijão e beber água, por exemplo.*

– Não entendi.

– *Ótimo, estamos começando a nos entender.*

– Pode-se explicar melhor?

– *Posso, então recomece.*

– Ok! O que é literatura?

– *Pra mim?*

– Não, pra você!

– *Ah! Sim! Pensei que era pra mim!*

– Não, é pra você, por favor.

– *Por favor, nada, tem de ter cachê. Tem cachê?*

– Não, mas é pro seu próprio bem, pra divulgar sua obra... etc... etc...

– *Não tenho obra a divulgar porque me falta dinheiro pra editar o livro. Tem cachê?*

– Não, não tenho cachê.

– *Então, nada feito, não dou entrevista.*

– Mas já está rolando o papo, posso publicar?

– *Pode, mas tem de sair cachê, caso contrário nem adianta publicar a entrevista; pra divulgar que obra?*

– A obra não é fictícia?

– *Não, é ficcional; por favor, não confunda.*

– Não confunda o quê?

– *Fictícia com ficcional.*

– E qual é a diferença?

– *A diferença está em que a fictícia não existe e a ficcional eu invento.*

– Ah! Quer dizer que a ficcional também não existe, porque se existisse você não precisava inventar, não é verdade?

– *Não, não, é mentira.*

– É mentira o quê?

– *É mentira que não exista a obra ficcional, e que esta seja fictícia.*

– Ih! Não estou entendendo nada.

– *Ótimo! Estamos começando a nos entender.*

– Pode-se explicar melhor?

– *Você também poderia entender melhor, não?*

– Não, só se você se explicar melhor.

– *Sobre o que é mesmo que estamos falando?*

– Sobre literatura fictícia e ficcional.

– *Tá bom! Pergunte, então.*

– Já perguntei.

– *O quê?*

– O que é literatura, pra você?

– *Pra você, não sei, talvez saiba pra mim.*

– Ih! Vá lá, diga pra mim.

– *Ok! Vou tentar: literatura é tudo que se escreve.*

– Ah! É isso, é? Bula de remédio?

– *Literatura farmacêutica.*

– Relatório de empresa?

– *Literatura empresarial.*

– Pedido de divórcio?

– *Literatura jurídica.*

– Poesia?

– *Depende.*

– De quê? Não é escrita?

– *Quando é oral não é escrita.*

– Essa história de oral não é coisa de receita médica: tomar via oral, coisa e tal; ou psicanálise freudiana, fase oral; ou putaria, coisa de sexo oral etc...?

– *Chega, vamos mudar de assunto.*

– É bom mesmo. Que tal a gente ficar por aqui?

– *Por onde?*

– Encerrar a entrevista!

– *Qual?*

– Esta que a gente tá aqui costurando.

– *Ah! E isso é uma entrevista?*

– Digamos que sim.

– *Então, muda de figura, vai ter de pagar.*

– Não posso, não me autorizaram pagar, mas, quem sabe, quando sair seu livro, com a cobertura que faremos pelo jornal, você vira um Paulo Coelho, e aí passa a cobrar caro por qualquer entrevista besta que conceder.

– *É, pode ser, mas sem me pagar o cachê como é que vou pagar o editor, publicar o livro, ficar famoso, virar Paulo Coelho, entrar pra Academia...*

– Esquece, esquece. Afinal, posso publicar essa entrevista?

– *Pode, mas faz o seguinte: não coloca meu nome, inventa aí um autor qualquer, diz que é um ilustre desconhecido, descoberto em São Paulo, vindo não se sabe de onde, vagando no Terminal Rodo-Ferroviário da Barra Funda. Inventa uma biobibliografia, uma breve fortuna crítica, que inclua depoimentos de Jorge Luis Borges, Julio Cortázar, Guimarães Rosa, Clarice Lispector, Osman Lins – sobre o ilustre. Todos estão mortos, já não podem desmentir. Diz aí que ele foi, inclusive, indicado para o Prêmio Jabuti, na categoria narrativa de ficção, e que só não ganhou porque perdeu. E estamos conversados. Adeus!*

FIM

**PEDRO AMÉRICO DE FARIAS** "Quando ainda nem sabia o que era literatura, intuía que a poesia pairava nos ares poeirentos do Ouricuri, sertão pernambucano da Chapada do Araripe. Da zona rural mudou-se aos nove anos para uma área rurbana; da cidade árida ao Crato, na adolescência; do Ceará, enfim, aporta no Recife disposto a viver a juventude e se preparar para a universidade. Não foi um percurso linear, retilíneo. Mas, suficiente à descoberta de que a poesia se espraiava em todos os ares, porque vinha de dentro. E vieram de dentro primeiramente os experimentalismos, a poesia concreta, a escrita automática do surrealismo, a fragmentação dadaísta. Daí não foi difícil desvendar a poesia de formas fixas das oralidades poéticas do Nordeste. E não estacou, continuam os experimentos na poesia de loa, no verso livre, na poesia que é som é verbo é imagem. Sobretudo, nada de poesia estritamente gabinete, poesia tem que ser imersão na vida, no beber e se divertir com os outros, como tão bem sorveram os participantes (Raul Pompéia, entre eles) do Clube Rabelais, sob o slogan *buvant et rigolant avec les autres*." Maria Alice Amorim.

## Publicações

**Poesia** – *Livro sem Título*. Recife, Ed. do Autor, 1973; *Conversas de Pedra*. Recife, Ed. Pirata, 1981; *Picardia*. Recife, Língua de Poeta, 1994; *Linguaraz* – audiolivro. Recife, Edição do Autor / Funcultura, 2009).

**Prosa de ficção** – *Viagem de Joseph Língua* (romancinho).

**Ensaio** – *Pernambuco: Século e Meio de Ficção*. Recife, Jornal do Commercio (Pernambuco Imortal III, encarte nº 8), 2001.

**Textos avulsos em diversos periódicos** – Suplemento Literário (Minas Gerais, Brasil); Suplemento Cultural (Recife, Brasil); Correio das Artes (Paraíba, Brasil); Rivaginaire (Tarbes, França); Continente Multicultural (Recife, Brasil); Camaleão (Porto, Portugal); Gare Maritime (Maison de la Poesie / Nantes, França); Bacchanales (Maison de la Poesie / Rhône-Alpes, França).

**Integra as seguintes antologias** – *Pernambuco – Terra da Poesia*. Recife, IMC / Rio, Iluminuras, 2005; *Imagem Passa Palavra*. Porto (Portugal), Identidades, 2004; *Id10*. Porto (Portugal), Identidades, 2007; *Un Regard Transatlantique/ Um Olhar Transatlântico*. Nantes, França, Maison de la Poesie; Recife, Fundação de Cultura, 2007.

| | |
|---|---|
| *Título* | *Viagem de Joseph Língua* |
| *Autor* | Pedro Américo de Farias |
| *Editor* | Plinio Martins Filho |
| *Projeto editorial* | Marcelino Freire |
| *Produção editorial* | Aline Sato |
| *Projeto gráfico* | Silvana Zandomeni |
| *Capa* | Tomás Martins |
| *Foto da capa* | Maria Alice Amorim |
| *Foto do autor* | Delmo Montenegro |
| *Editoração eletrônica* | Daniela Fujiwara |
| *Formato* | 13 x 21 cm |
| *Tipologia* | Bulmer MT Regular |
| *Papel de miolo* | Pólen Soft 80 g/m$^2$ |
| *Papel de capa* | Cartão Supremo 250 g/m$^2$ |
| *Número de páginas* | 120 |
| *Impressão e acabamento* | Prol Gráfica |

São Paulo, Brasil, outubro de 2009.